Marina Wesche

Greta und die Birnentiere

www.altes-waschhaus-ribbeck.de

ISBN 978-3-00-057632-4
1.Auflage 2018

Text: Marina Wesche
Design u. Illustrationen: Oliver & Marina Wesche
Druck u. Bindung: berliner-buchdruck.de

Vorwort

Hier findet ihr die Birnbaumsorten, die den Figuren in der Geschichte ihren Namen geben. Manche von ihnen haben zusätzlich einen Spitznamen. Hast auch du einen Spitznamen? Wenn nicht, dann denk dir doch einen aus. Es ist ganz einfach. Entweder ist es eine Kurzform deines Namens, oder du hast eine besondere Eigenschaft, von der du deinen ganz persönlichen Spitznamen ableiten kannst. In dem Buch hat Birnd Löwenkopf seinen Spitznamen Leo, da Leo Löwe heißt und er so stark wie ein Löwe ist. Ribbecka, vom Baum der schönen Helene wird Lienchen genannt, weil sie klein ist und sehr niedlich anzusehen, liebenswert und klug. Opa Birnstein ist alt wie ein Stein. Wenn du möchtest, denk dir für die anderen Birnentiere, nachdem du sie kennengelernt hast, auch einen Spitznamen aus.

Birnbaumsorte /	**Spitzname**
Bürgermeister Bouvier	Opa Birnstein
Löwenkopf	Leo
Die schöne Helene	Lienchen
Sieben-ins-Maul	_ _ _ _ _ _ _ _ _
Rotbärtler	_ _ _ _ _ _ _ _ _
Krötenbergamotte	_ _ _ _ _ _ _ _ _
Onkel Peter	_ _ _ _ _ _ _ _ _
Schulbirne	_ _ _ _ _ _ _ _ _
Unglücksbirne	_ _ _ _ _ _ _ _ _
Madame Ballett	_ _ _ _ _ _ _ _ _
Dr. Engelbrecht	_ _ _ _ _ _ _ _ _
Verdi	_ _ _ _ _ _ _ _ _
Gräfin von Paris	_ _ _ _ _ _ _ _ _
Liebart	_ _ _ _ _ _ _ _ _
Schöne Zuckerbirne	_ _ _ _ _ _ _ _ _
Ordensbirne	_ _ _ _ _ _ _ _ _

Dieses Buch gehört

– –

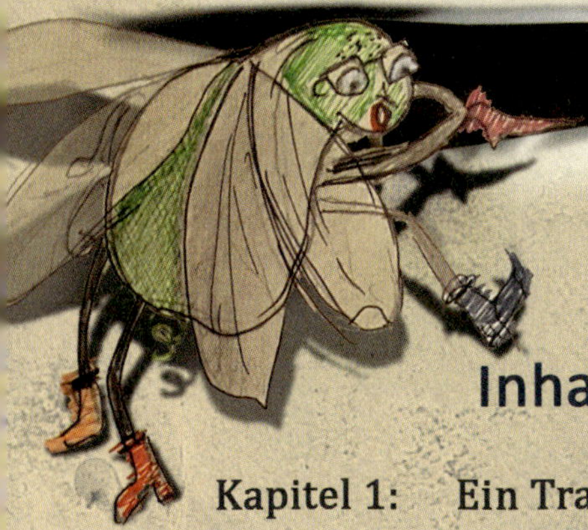

Inhaltsverzeichnis

Kapitel 1

Ein Traum von Torten

Ein weiser Mann hat einmal in einem sehr alten Buch gesagt: „Es gibt nichts Neues unter der Sonne.“ Aber bist du schon einmal auf die Idee gekommen, bei Mondschein nach zu schauen? Das geht am besten bei Vollmond, da lässt es sich auch am besten träumen! Das Schönste daran ist, dass du dich überall hinträumen kannst: Ohne Fahrkarte, ohne Auto, ohne Zug, ohne Bus...

So kam es, dass ich in einer kühlen Vollmondnacht in meinem Bett lag und plötzlich Appetit auf Torte bekam. „Mmmh... Birnentorte mit Schokolaaaade... Das wär's jetzt!“ Ach, übrigens, ich bin Max und ich weiß, wo es die leckersten Birnentorten gibt! Ich wohne in einem kleinen Dorf, das Pessin heißt. Pessin liegt an der längsten Straße im Havelland, der Bundesstraße 5, kurz B 5. Die leckerste Birnentorte, gibt es übrigens in Ribbeck und ist nur zwei Dörfer entfernt von uns.

Deshalb führte mich mein Traum in jener Vollmondnacht ins alte Waschhaus nach Ribbeck . Und eins, zwei, fix hatte ich mitten in der Nacht das ganze Waschhaus mit einem Kühlschrank voller Birnentorten für mich ganz alleine. Du fragst dich jetzt bestimmt, warum man im Waschhaus Torten backt.

In diesem Haus wurde vor langer Zeit tatsächlich Wäsche gewaschen, heute sieht es nur noch aus wie ein altes Waschhaus, aber es ist ein Cafe‘, in dem meine Oma die leckersten Birnentorten backt. Ich blieb aber nicht lange alleine.
Vor dem Fenster stand Greta und putzte mit ihren Pfoten die Scheiben. „Lass mich rein!“, sagte sie damit. Ich öffnete die Tür und schwuppdiwupp schlüpfte Greta Hoffmann, die Waschhauskatze, in die warme Stube. Sie suchte sich einen gemütlichen Platz und machte es sich bequem. Dann fing sie lautstark an zu schnurren. Du musst wissen, das ist die Sprache der Katzen: „KATZENSCHNURR“. Wenn Du ganz genau hinhörst, deine Augen schließt und dabei den Atem anhältst, die Hände zu Fäusten ballst und fest an deine Brust presst, dann kannst du hören, was die Katzen schnurren.
In der Zwischenzeit hatte ich so viel Birnentorte gegessen, dass ich mich nicht mehr bewegen konnte. Alles ist ganz ruhig geworden, nur die Katzenschnurre erfüllte den Raum. Da sah ich plötzlich lauter winzig kleine Lichter aus dem Fell von Greta aufsteigen. Ich traute meinen Augen nicht! Diese Lichter hatten Flügel und jedes von ihnen hatte sechs winzige Beine, an denen Stiefelchen steckten. Als Greta bemerkte, dass ich die kleinen Lichter entdeckt hatte, schnurrte sie aufgeregt: „Birnd, Ribbecka.“ Es kam mir fast so vor, als wollte sie die Lichter vor mir warnen. Ich habe schon davon gehört, dass es Katzen geben soll, die Flöhe haben. Was da aber aus Gretas Fell kam, waren jedoch keine Flöhe. Es waren unendlich viele Tierchen mit sechs Beinchen! Doch diese

sahen nicht aus wie Flöhe. Sie hatten zwar sechs Beine. Doch Flöhe haben keine Flügel.
Ich fragte mich: „Was sind das für Tierchen? Wer sind sie und wo kommen die her? Und was machen sie im Fell unserer Waschhauskatze?“ Fragen über Fragen! Die Antworten konnte nur Greta wissen.

Kapitel 2

Greta‘s Geschichte

Ich beschloss Katzenschnurr zu lernen, um herauszufinden, was das für Tierchen sind.
Gleich am nächsten Morgen fing ich damit an. Ich gurgelte solange mit dem Wasser aus meinem Zahnputzglas, bis ich das „Rrrrrrr...“ richtig schnurren konnte. Das ist das A und O, wenn man Katzenschnurr sprechen möchte. Wenn das erst mal klappt, schließt du beim „Rrrrrr...“ leicht den Mund, so dass sich die Lippen sacht berühren. Wenn du jetzt ein Kribbeln und Killern spürst, bist du schon sehr gut! So übte ich Katzenschnurr eine ganze Woche lang morgens und abends beim Zähneputzen. Manchmal putzte ich mir die Zähne auch zwischendurch. Ich sage dir: „So sauber waren meine Zähne noch nie!“ Jede Nacht träumte

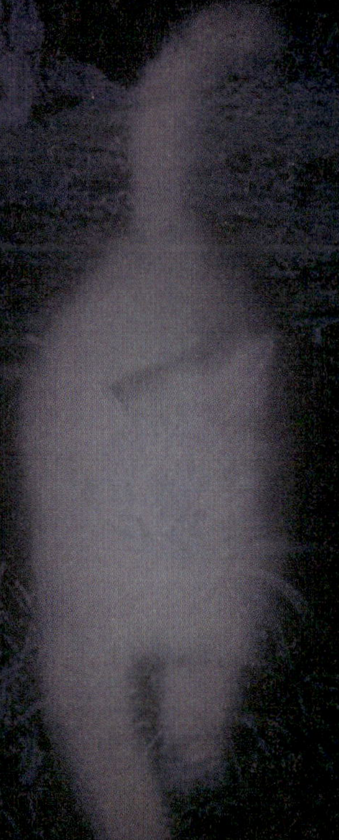

ich mich ins Waschhaus und beobachtete die kleinen Lichter mit den sechs Beinchen und den lustigen Stiefelchen. Wenn man genau hinschaut, sehen sie aus wie kleine fliegende Birnen. Sie nahmen gar keine Notiz von

mir. Sie waren wie im Rausch! Anscheinend hatten sie es auf die Birnentorte abgesehen. Sie schleckten mit Begeisterung jeden Krümel auf, den sie finden konnten. In der dreizehnten Nacht traute ich mich zum ersten Mal Greta in Katzenschnurr anzusprechen. Ich fragte: „Warum bringst du diese Tierchen ins Waschhaus?“ Prompt bekam ich eine Antwort: „Ich habe einen Auftrag.“ „Einen Auftrag???“, fragte ich verdattert.
Greta erzählte mir, dass die Zweibeiner, bei denen sie früher gewohnt hat, sie eines Tages einfach in Ribbeck aus ihrem Rädertier ausgesetzt haben und glattweg weggefahren sind. Einfach so weg! „Ich dachte, sie kommen zurück um mich zu holen“, schilderte sie. „Doch das taten sie nicht. Nun war ich hier, weit weg von zu Hause. Ganz allein, fremd, ohne Futter. Ich hatte furchtbare Angst!“ raunte sie und erklärte weiter: „Ich musste überleben. So schaute ich mich im Dorf um. Bei Friedrich Carl von Ribbeck fand ich eine Eingangstür extra für Katzen und auf seinem Fußabtreter stand in großen Buchstaben HERZLICH WILLKOMMEN. Allerdings wohnten dort schon zwei Stubenkater und deshalb zog ich weiter.“ Sie erzählte mir dann davon, dass sie eine Nacht im Kaminzimmer des Schlosses Ribbeck verbrachte: „Herr Kuss, rief immer ‚Hulehule‘ und servierte mir dann ein Schälchen Milch. Servieren konnte er sehr gut, denn er macht den ganzen Tag nichts anderes als Zweibeiner im Schlossrestaurant zu bedienen. Dort zu wohnen, hätte mir sehr gefallen, ich hätte einen eigenen Kellner gehabt, das wünscht sich jede Katze.

Doch auch dort wollte man mich nicht für immer. Ähnlich erging es mir in der Kirche – da konnte ich auch nicht bleiben.“ So zog Greta durchs Dorf, holte sich ab und zu ein Ei aus dem Hühnerstall und fraß die Reste, die die wohlbehüteten Hauskatzen übrig ließen. „Ein ganz schönes Hundeleben für eine Katze. So lag ich dann in einer hellen Vollmondnacht unterm Birnbaum und weinte vor lauter Kummer. Ich war ganz allein, niemand wollte mich haben. In den letzten Tagen lungerten Wanderratten unterm Birnbaum herum. Ich habe mir eine gefangen, sie vertilgt, um meinen Hunger zu stillen. So konnte es nicht weiter gehen. Mein Leben mußte sich ändern, aber wie?“

Kapitel 3

Wie sich Greta's Leben änderte

In dieser Nacht hatte die Frau im Mond Dienst. Sie sah, wie traurig Greta war und hatte Mitleid mit ihr. „Hör zu, kleine Greta", sprach die Frau im Mond. „Heute Nacht wird ein Wunder geschehen, das sich jedes Jahr aufs Neue wiederholt: Die Maifee Schillerdei, die im Birnbaum wohnt, wird in dieser Nacht die Birnentierchen zum Leben erwecken und jeder trägt einen Teil zu diesem Wunder bei. Die Bienen fliegen in dieser Nacht zur Birnenblüte. Dort treffen sie auf die Maifee Schillerdei. Die ist jedoch etwas schreckhaft, und sie wird sich erschrecken – wie immer. Dabei springen ihr die Perlen von ihrer Kette. Sie trägt jedoch keine normale Perlenkette. Denn die Perlen ihrer Kette sind lebendige Perlen!" erklärte die Frau im Mond und sagte weiterhin: „Ab dann nimmt das Leben seinen Lauf: Der Tausendfüßer Socke trägt die Perlen unter die Erde und bettet sie dort ein. Für ihren weiteren Weg schenkt Socke Ihnen jeweils sechs seiner tausend Beinchen. Du musst dir keine Sorgen machen, dass er bald keine Füße mehr hat, denn Socke gehört zu den Tausendfüßern, deren Beine immer wieder nachwachsen. Unter der Erde versorgen die Wurzeln des Birnbaums die lebendigen Perlen mit Nahrung. So können sich die Tierchen gut entwickeln, natürlich birnenförmig. Damit sie nicht mehr so hart fallen, schenken ihnen die Bienen Flügel. Mehr passt dann nun aber nicht an die kleinen Tierchen ran, oder?", fragte die Frau im Mond lächelnd und fuhr fort: „Socke hat sich immer Schuhe gewünscht.

Aber überlege mal 1000 Schuhe, wer soll denn das bezahlen? Dennoch wünschte er sich für die Birnentierchen, dass sie Schuhe bekämen. So bat er Schillerdei, ihnen welche zu schenken. Nun schillert die Maifee selbst in allen Farben und so kam es, dass die Tierchen unterschiedlich bunte Schuhe erhielten. In der dritten Vollmondnacht schlüpfen dann alle Birnentierchen zusammen aus.

Die Perlen, die Socke unterm Birnbaum eingebettet hatte, platzen auf, die Tierchen krabbeln aus den Perlen und bahnen sich ihren Weg zurück an die Erdoberfläche. Sie klettern bis hinauf in die Krone des Birnbaums. Dort breiten sie zum ersten Mal ihre Flügel aus und beginnen zu leuchten. Weit und breit wird das Spektakel zu sehen sein. Sie werden leuchten wie die Birnen zur goldenen Herbstzeit", prophezeite die Frau im Mond und wurde nachdenklich. „Das Leuchten wird allerdings die Ratten anziehen. Für sie sind die Birnentierchen leichte Beute. Doch, wenn Socke der Tausendfüßer, die Ratten lauern sieht, wird er tun was er kann: Aus dem alten Waschhaus stibitzt er ein großes Wäschestück und eine Wäschestütze und spannt es unter dem Birnbaum auf. Wenn die ungeübten Tierchen nun abstürzen, dann fallen sie eher in das Tuch und nicht den Ratten zum Opfer", freute sich die Frau im Mond und richtete ihren Blick wieder auf Greta: „Und wenn du hier bleibst, kleine Greta, traut sich eh keine Ratte hierher. Die Birnentierchen wären in Sicherheit und du hättest ganz viele neue Freunde", versicherte die Frau im Mond.

Kapitel 4

Und so fing alles an

Die Birnentierchen wuchsen heran. Greta hatte neue Freunde und lernte nach und nach die ganze große Familie kennen. Es ist ganz einfach: „Bei den Birnentierchen heißen alle Jungen ‚Birnd' und alle Mädchen ‚Ribbecka'. Um sie besser auseinander zu halten, bekommt jeder im Laufe des Lebens einen Spitznamen. Der Nachname stammt von dem Baum, in dem sie wohnen – sozusagen von ihrem Stammbaum. Es gibt über 5000 verschiedene Birnbaumsorten und so kann man alle Birnds und Ribbeckas auseinanderhalten", schnurrte Greta. Ich träumte mich von da an jede Nacht zu Greta, denn ich wollte unbedingt mehr über die im Geheimen lebenden Birnentierchen in Ribbeck erfahren. Warum brachte Greta sie eigentlich ins Waschhaus? Also fragte ich sie weiter meine neugierigen Fragen. Nun, Katzen erzählen sehr gern und ausführlich. Greta meinte daher: „Am Tag, da ist alles ruhig. Die Birnentierchen schlafen tief und fest. Einige hoch oben in der Kirchturmspitze, andere in verlassenen Schneckenhäusern, besonders gern in den großen Häusern der Weinbergschnecken, da liegt es sich sehr gemütlich drin. Das heißt, solange kein wildes Rädertier übers Kopfsteinpflaster fährt. Dann rumpelt und pumpelt es so sehr, dass den Birnentierchen dicke Birnentränen die Wangen herrunter laufen. Sie bekommen furchtbare Kopfschmerzen davon.

Leider denken die Zweibeiner überhaupt nicht darüber nach, wenn sie schneller als die Polizei erlaubt mit ihren Rädertieren durch das Dorf rasen.
Wird es aber dunkel vor der Tür, dann werden alle wach und machen die Nacht zum Tag!
Jedes Birnentierchen hat ein Birnenhandy, kurzgenannt ‚Bandy'. Damit verständigen sie sich darüber, wo sie sich treffen. Denn Birnentiere haben sehr viel zu tun. Zum Beispiel putzen sie die Blätter von sämtlichen Birnbäumen in Ribbeck, um sie vor der Seuche des Birnengitterrostes zu schützen. Das ist eine ansteckende Baumkrankheit, die ihre Birnbäume bedroht.
Auch wenn sie noch so fleißig sind, sie haben trotzdem viel Spaß. Die Tierchen sind sehr gesellig. Einmal im Jahr, am Pfingstmontag, findet im alten Waschhaus ein
großes Fest statt. Da treffen sich die Zweibeiner um Wäsche zu waschen, Torte zu schlemmen, Lieder zu singen und zu tanzen. Dabei führen sie ihre schönsten Kleider aus. Das ist der einzige Tag, an dem die Birnentierchen tagsüber aufbleiben, um mit den Menschen zu feiern. Sie ziehen sich dann ihre Birndl an und tanzen ausgelassen. Hoch oben in den Bäumen natürlich, um vor den Augen der Zweibeiner verborgen zu bleiben."
Greta meinte, sie lieben Musik fast so sehr, wie Birnentorte. So finden sie sich auch regelmäßig ein, wenn Lukas Mückenfett, der Hausmusiker, im alten Waschhaus spielt. Da alle Birnentiere gern dabei wären, aber nicht alle einen Platz bekommen können, werden Lose gezogen.

Das ist dann immer wie Geburtstag feiern! Außer Fräulein Ribbecka von Krötenbergamotte, die immer einen zarten Duft von Zitronen um sich trägt. Sie hält sich lieber im alten Pfarrgarten auf. „Ach ja“, seufzte Greta. „Fräulein Krötenbergermotte hat sich in den Froschkönig am Brunnen verliebt.“ Greta holte tief Luft und hörte einen Augenblick auf zu erzählen. Dann leckte sie sich ihre Pfoten und putzte sich damit die Ohren: „Hast du was gesagt, Junge?“, fragte sie geistesabwesend. „Wenn ich mir die Ohren putze, dann höre ich immer etwas schwer.“ Und pausenlos schnurrte sie weiter. Du weißt ja, Katzen erzählen sehr gern und ausgiebig. Sie können dir stundenlang etwas vorschnurren. „Habe ich dir eigentlich schon von meiner Familie erzählt? Wie ich schon sagte, alle männlichen Birnentiere heißen Birnd. Alle weiblichen Ribbecka. Da gibt es den Bürgermeister Birnd Bouvier, der hat viel zu sagen. Er ist der Älteste von allen. Man nennt ihn daher liebevoll „Opa Birnstein“. Nicht „Einstein“, nicht „Weinstein“ – „Birnstein“. Das ist sein Spitzname. Wenn jemand ein Problem hat, dann geht er zu Opa Birnstein, auf den kann man sich verlassen. Gleich nach dem Aufstehen, wenn die Sonne untergegangen ist, werden alle

Birnenkinder von Onkel Peter-Birnd abgeholt. Er bringt sie sicher und pünktlich zur Schule, zu Lehrer Birnd Schulbirne. Der ist sehr streng! Das muss er auch sein. Der Birnd Sieben-ins-Maul würde die ganze Nacht nur um sich naschen, wenn er dürfte.“ Greta runzelte die Stirn. „Neulich musste Onkel Peter-Birnd ihn zu Doktor Engelbrecht- Birnd bringen. Vor lauter Gier hat er sich aus Versehen eine Kikiki Huna mit in den Mund gesteckt. Puh, das ging gerade nochmal gut!“ „Was ist das?“, fragte ich. Diesen Namen hatte ich noch nie gehört. „Das ist die kleinste Wespe der Welt, sie ist nur 0,13 Millimeter groß, ansonsten könnte ein Birnentier ja keine Wespe verschlucken.“ Nachdenklich bemerkte sie, dass sich diese Wespe wohl verflogen haben muss, denn sie wohnt eigentlich in einem fernen Land, das Costa Rica heißt. Egal, Gretas Augen funkelten im Dunkeln und mit Begeisterung erzählte sie aus ihrem Nachtleben. Ich war mucksmäuschenstill und kraulte ihr den Nacken. So hat sie es am liebsten. Umso lauter fängt sie an zu schnurren. In Katzenschnurr fragte ich: „Greta, was machen die Tiere am Nachmittag?“ Doch Greta waren vor lauter Wohlbehagen die Augen zugefallen und das Schnurren verwandelte sich in ein Schnarrchen. Es blieb mir nichts weiter übrig, als in der nächsten Nacht wiederzukommen.

Kapitel 5

Im Land der Birnentiere

Ich konnte es gar nicht erwarten, die Frage noch einmal zu stellen. „Sag, Greta, was machen die Birnentiere am Nachmittag?“ Greta schüttelte den Kopf. „Du meinst wohl nach Mitternacht, wenn die Schule zu Ende ist.“ Und da war es wieder, dieses Katzenschmunzeln: „Schau mir tief in die Augen und ich nehme dich mit.“ „Wohin?“, fragte ich neugierig, „Vertrau mir, Katzen sind die Augen der Nacht!“ Ich schaute Greta in die Augen. „Tiefer, konzentriere dich!“ Ich schaute ihr so tief in die Augen, dass ich das Gleichgewicht verlor. Ich fiel aber nicht um. Es drehte sich alles in meinem Kopf und ich befand mich in einem tiefen Tunnel. Am Ende des Tunnels sah ich ein helles Licht. Es war der Mond, der mir ins Gesicht schien. Ich lag auf dem Rücken und die Sterne waren viel näher als gewöhnlich. Als ich mich umdrehte, sah ich Greta auf der Dachrinne des Kirchturms spazieren. Ich erschrak: „Ich liege auf dem Dach der Ribbecker Kirche???“ Fast hätte ich um Hilfe geschrien. „Bleib ganz ruhig, Junge!“, beruhigte Greta mich, „du musst keine Angst haben. Du bist nur in meinen Gedanken hier.“Aus einer kleinen Wolke fing es leicht an zu regnen. „Was machen wir hier oben? Das Dach ist rutschig.“, merkte ich an. Greta gab zurück: „Du darfst nicht so laut sein, die Nacht ist still. Aller Lärm des Tages wird von ihr verschluckt. Wenn du so laut bist, kann es passieren, dass sie dich auch verschluckt.“ Sofort verstummte ich. Ich wollte ganz bestimmt nicht verschluckt werden. Man hörte jetzt

nur noch die Frösche vom Feuerlöschteich quaken. In der Ferne sang eine Nachtigall ihr Lied. Die Regentropfen trippelten sachte auf das Kirchendach. Plötzlich rauschte etwas ganz dicht an meinem Kopf vorbei. Es war so, als würde jemand die Luft zerschneiden. Ich erschrak mich fast zu Tode. „Das war nur der Turmfalke. Er wohnt hier oben mit seiner Frau und den vier Kindern“, erklärte Greta.
„Was machen wir hier oben?“, flüsterte ich so leise, wie ich konnte. „Habe etwas Geduld“, bat Greta, also hielt ich den Mund und wartete. Nach einer Weile wurde mir langweilig. Ich legte mich wieder auf den Rücken und betrachtete die Sterne. Ich steckte meine Zunge weit raus und versuchte die Regentropfen damit aufzufangen. Je tiefer ich in den Sternenhimmel blickte, desto mehr Sterne sah ich. Aber, was war das?

Die Sterne schienen mit den Regentropfen vom Himmel zu fallen! Sie kamen immer näher. „Das sind gar keine Regentropfen! Das sind Birnentierchen!“

Jetzt war ich wieder hellwach. Eines von den kleinen Tierchen hatte eine richtige Mähne. Es hatte etwas unter dem Arm. Oder sollte man sagen Bein? Egal! Alle schienen sehr vergnügt. Greta setzte sich neben mich: „Das ist Birnd Löwenkopf, sein Spitzname ist Leo. Er ist der Stärkste von ihnen, auch wenn man es ihm nicht ansah, und mutig, wie ein Löwe!“ „Hallo, Greta, kommst du mit surfen?“, bot Leo an. „Ich schau lieber zu. Ich hab heute einen Freund mitgebracht. Vielleicht hat Max ja Lust mit euch zu surfen.“ Leo landete genau auf meiner Nasenspitze. Ich schielte ihn an und fragte: „Surfen? Hier gibt es doch gar kein Wasser.“ Er rollte das Birnbaumblatt aus, das er unter seinem Arm trug und sagte: „Pass auf! Ich zeige dir wie es geht.“
Mit einem Salto rückwärts flog er von meiner Nasenspitze in Windeseile ganz nach oben zur Kirchturmspitze, stellte sich mit zwei von seinen sechs Füßen auf das Blatt und schwupp, ging es steil abwärts die Kirchturmspitze runter. Da das Dach nass vom Regen war, bildete sich eine richtige Welle vor seinem Birnenblatt-Brett. Alle Birnentiere jubelten ihm zu. „Du bist dran, Sieben-ins-Maul!“, rief Leo nach oben. Birnd Sieben-ins-Maul rollte sein Birnboard aus und versuchte sich drauf zu stellen. Nach einem kurzem Zögern setzte er sich auf das Blatt und rutschte auf seinem Birnenhintern nach unten.
Alle Birnds krümmten sich vor Lachen und hielten sich die Bäuche. Nun war ich dran. Ich kletterte bis ganz nach oben. Leo reichte mir ein Birnboard. Da bemerkte ich: „Nanu, ich bin ja auf einmal so klein wie ein Birnentierchen.“ Je höher ich geklettert war, desto kleiner wurde ich. Na gut. Ich rollte das Blatt aus und stellte mich drauf.

Als ich da stand und meinen Blick nach unten richtete, wurde mir ganz schwindelig. War das hoch!!! Ehe ich darüber nachdenken konnte, bekam ich von hinten einen Schubs und los ging die Talfahrt. Das Wasser spritzte mir ins Gesicht. Ich schrie vor Angst so laut ich konnte: „Ich kann doch nicht flieeeeegen!!!“ Prompt rutschte ich aus und fiel auf den Rücken. Die Birnentiere schauten sich an. Ohne ein Wort flogen sie im Sturzflug zum Rand der Dachrinne und fingen mich alle gemeinsam auf. Ich sage euch, das ging gerade noch mal gut!!! Bloß gut, dass ich so klein und meine Stimme daher nicht so kräftig war. Ansonsten hätte mich womöglich in diesem Augenblick die Dunkelheit der Nacht verschluckt.
„Man, du bist ja eine richtige Unglücksbirne. Warum kannst du denn nicht fliegen?“, fragte Leo. „Ich bin ein Zweibeiner“, gab ich als Antwort zurück. Erschrocken wichen alle Birnds zurück. „Ihr braucht keine Angst zu haben, das ist Max. Er ist noch ein Junge und hat die Gabe des Träumens. Er ist nur in meinen Gedanken hier“, erklärte Greta.
Nachdem die Tierchen sich von dem Schreck erholt hatten, kamen sie wieder etwas näher. „Na, du bist uns ja einer. Traust dich ohne Flügel den Kirchturm runter zu surfen.“
PIEP, PIEP, PIEEEEEP... „Oh nein!“ Das war mein Wecker. Ausgerechnet jetzt muss er mich aus dem Traum reißen. Der Tag kam mir ewig lang vor. Ich überlegte mir Dinge, die ich machen könnte, dass die Zeit schneller vergeht und gleichzeitig war ich so müde, dass ich sofort hätte einschlafen können. Aber nun war ich zurück in meiner realen Welt. Ich musste mich, wie immer, beeilen, damit ich pünktlich zur Schule komme.

PIEP
PIEP
PIEP

Kapitel 6

Schnell zurück ins Traumland

Nach der Schule ging ich zum Fußball. Ich gab alles. Zu Hause mistete ich den Hühnerstall aus, befreite den Garten vom Unkraut, brachte den Mülleimer raus, putzte alle Schuhe und räumte mein Zimmer auf. Meine Mama dachte, ich sei krank. Ich hörte sie zu Papa sagen: „Irgendwas stimmt nicht mit Max. Ich glaube, er hat was angestellt, oder er ist krank.“ Ich wäre am liebsten sofort ins Bett gegangen, aber ich musste noch warten bis es dunkel wurde. Endlich war es soweit, ich ging diesmal freiwillig ins Bett. Meine Mama machte sich ernsthafte Sorgen. Dabei wollte ich nur ins Land der Birnentiere. Mir wurde Fieber gemessen, ich musste die Zunge weit raus stecken, die Ohren wurden untersucht... „Oh man... Ich bin einfach nur müde Mama“, versicherte ich ihr. Dann hatte ich die Idee: Ich wünschte mir ein Glas mit warmer Milch. Mama lief sofort in die Küche und brachte mir die warme Milch. Sie wartete bis ich ausgetrunken hatte, strich mir liebevoll übers Haar, gab mir einen feuchten Kuss auf die Wange und wünschte mir eine gute Nacht. Ja! Das war‘s, was ich wollte: eine gute Nacht! Ich kuschelte mich in meine Zudecke ein und versuchte sofort einzuschlafen, was mir nach etlichem Hin- und Herdrehen dann auch endlich gelang.

Ich wollte so schnell wie möglich ins Waschhaus. Ich überlegte mir, wie ich am schnellsten von Pessin, du erinnerst dich, das Dorf, in dem ich wohne, nach Ribbeck komme. Da fielen mir Connars Vögel ein. Connar ist mein Cousin.

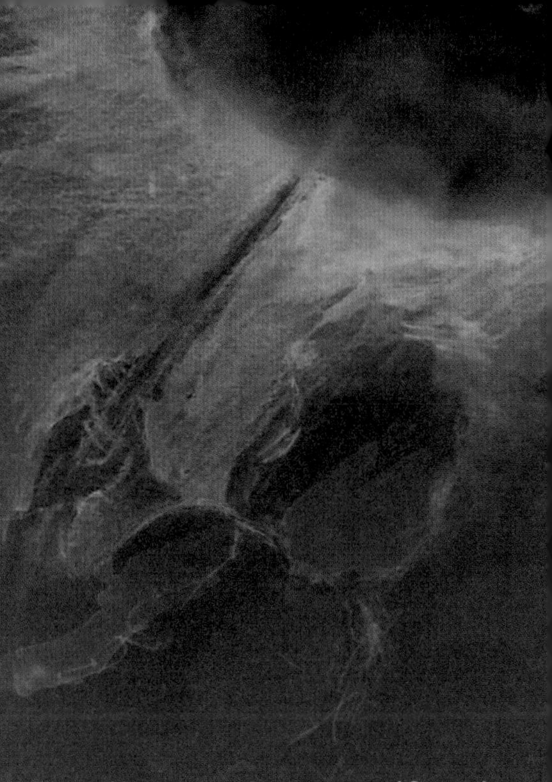

Die Vögel, die im Pessiner Kirchturm wohnen, gehören ihm. Ich öffnete das Fenster und rief die riesigen schwarzen Vögel zu mir. Connar bemerkte, dass seine Vögel ausgeflogen waren und hörte mein Rufen. „Wo willst du hin, Max?“, fragte er. „Ach, ich kann nur nicht schlafen.“ Ich konnte ihm nicht erzählen, wo ich hin will, dann hätte ich ihn mitnehmen müssen. Ich wollte mein Geheimnis nicht teilen. Und wer weiß, wie Greta reagiert hätte, wenn ich nicht alleine gekommen wäre. Also beschloss ich mir einen anderen Weg zu erträumen. Der Wind stand günstig, die Wolken zogen Richtung Ribbeck. Ich überlegte kurz, dann holte ich mir meine Angel aus dem Stall und angelte mir damit eine schöne große dunkle Nachtwolke. Ich ließ den Wind etwas stärker pusten und im Nu war ich in Ribbeck. Die Wolke regnete mich direkt über der Kirchturmspitze ab. Ich rutschte durch die Dachrinne nach unten und stand vor dem Waschhaus. Aber wo war Greta? Um in die Welt der Birnentierchen zu kommen, musste ich ihr doch tief in die Augen schauen.

Ich rief sie mit gedämpfter Stimme, denn ich hatte immer noch Gretas Worte in Erinnerung: „Wenn du zu laut bist, könntest du von der Dunkelheit verschlungen werden...“

Ich lief zum Katzenhaus um nachzuschauen, ob sie vielleicht dort schlief. Da schauten mich von unten zwei lange Stielaugen an und eine Stimme sagte: „Katzen schlafen nachts ganz selten. Das machen sie gern am Tag.“ Die Augen zogen einen schleimigen Körper hinter sich her, auf dem ein großes Schneckenhaus war. Ich fragte, „Weißt du denn, wo Greta ist?“ „Ja, ich kann dich hinbringen“, sagte die Schnecke entschlossen. Ich sah sie an: „Ach, weißt du, ich wollte sie eigentlich heute Nacht noch treffen.“ „Na, dann steige auf mein Schneckenhaus! Ich bin Rudi der Renner. Ich bringe dich zu ihr.“ Was blieb mir anderes übrig? Es war niemand anderes zu sehen, der mir hätte helfen konnten. Also stieg ich aufs Schneckenhaus. „Am besten ist, du legst dich auf den Bauch und hältst dich mit den Händen am Schneckenhausrand fest.“ Ich machte alles so, wie Rudi der Renner es sagte. Daraufhin scharrte er zweimal kräftig mit seinem schleimigen Fuß und rannte los, dass es nur so staubte. „Aaaaah... woher kommt es, dass eine Schnecke sooo schnell rennen kann?“ Ich hatte ganz schön zu tun, um mich fest zu halten. „Woher kommt es, dass ein Junge auf einer Schnecke reiten kann?“, fragte Rudi zurück und gab sich auch gleich selbst die Antwort. „Im Traum ist alles anders: Manchmal ist schnell langsam oder umgedreht. Manchmal ist groß klein...“ Abrupt bremste er ab. Ich machte einen Purzelbaum übers Schneckenhaus und lag im Gras. „Psssst ... Siehst du den Lichtstrahl des Mondes, der durch das Blätterdach der Bäume hinter den Grabstein fällt?“ Ich nickte stillschweigend. „Siehst du das Loch in der Erde, in das das Licht strahlt?“ Ich nickte abermals mit weit aufgesperrten Augen. Wir waren auf dem Friedhof und mir war gar nicht wohl bei diesem Gedanken. „Dieser Mondscheinstrahl wird dir den Weg weisen. Ich komme aber nicht weiter mit. Das ist mir alles zu aufregend.“ Entsetzt starrte ich Rudi an: „Du wirst mich doch jetzt nicht allein zurück lassen an diesem furchteinflößenden Ort?“ Aber Rudi der Renner war weg, ehe ich zu Ende gesprochen hatte. Nur eine kleine Wolke mit Staub war noch zu sehen.

Da stand ich nun, allein und mitten in der Nacht, auf dem Familienfriedhof der Familie von Ribbeck. Das Loch war so klein, dass eine Maus oder Schlange hindurch gepasst hätte.

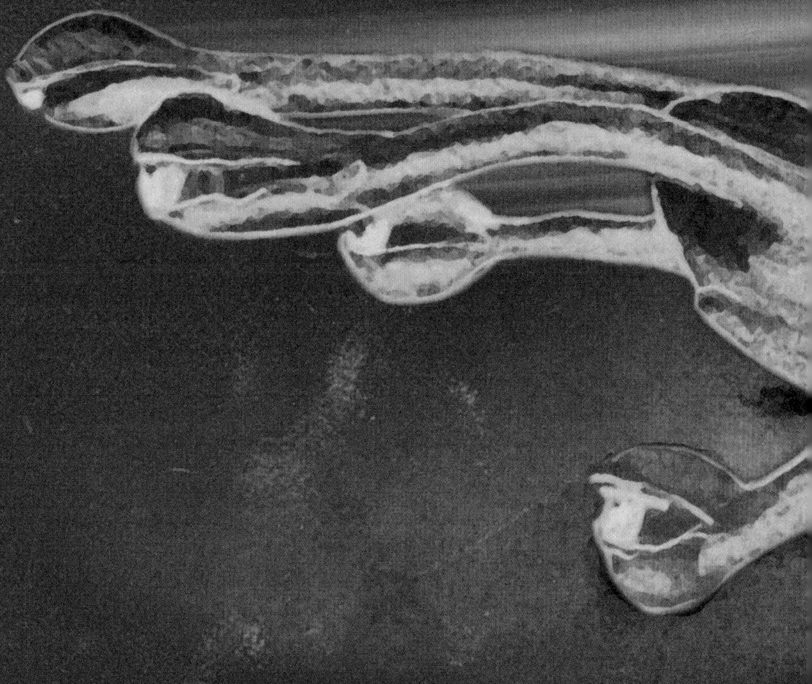

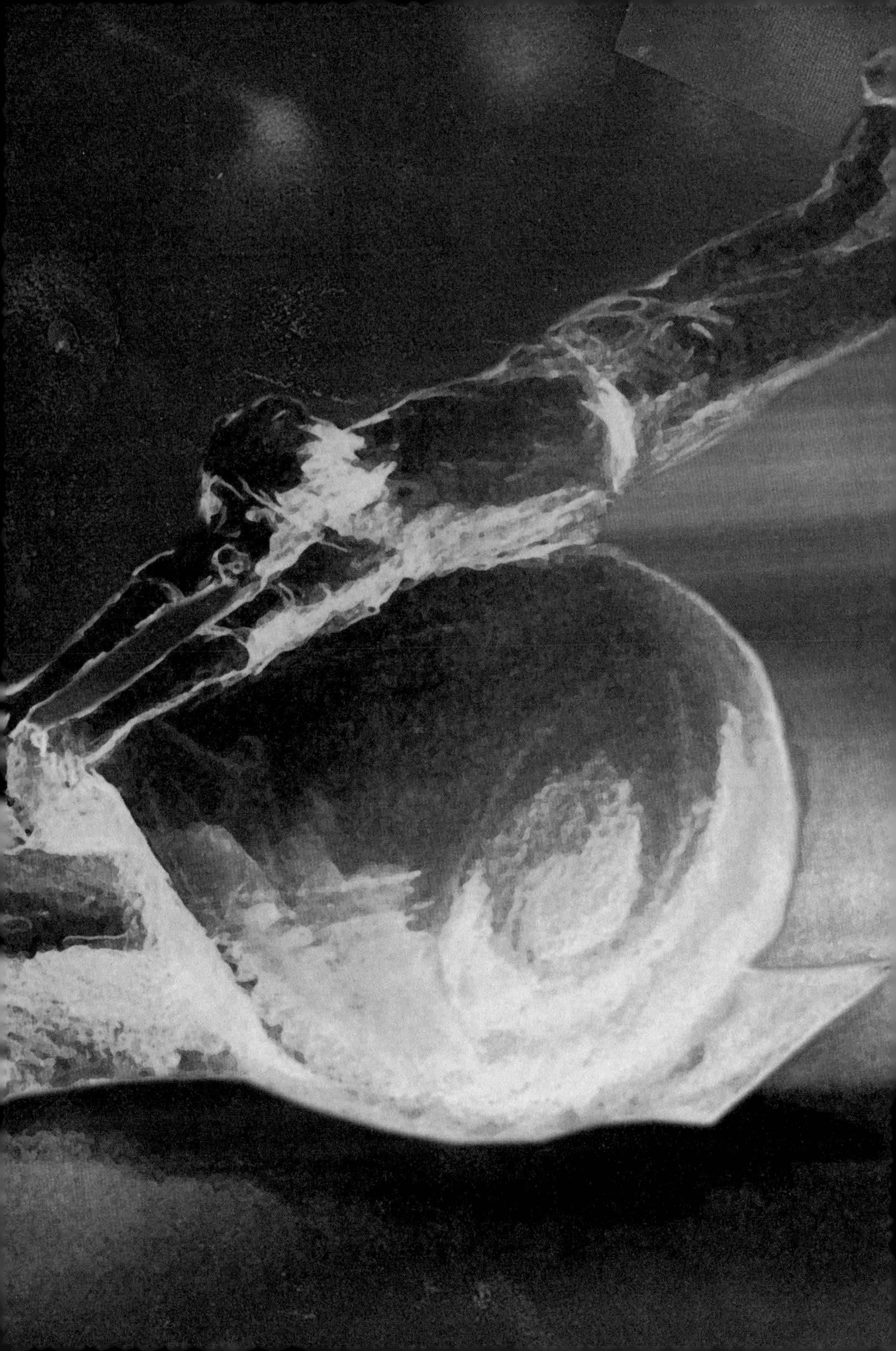

Kapitel 7

Die Regenbogenhöhle

Um den Mondlichtstrahl, der in das Loch hinter dem Grabstein fiel, tanzte ein Nachtfalter herum. Er schwirrte immerzu im Kreis, so wie Nachtfalter das eben machen. Er kam näher und flüsterte mir zu: „Soll ich dir das allerschönste Licht der Welt zeigen? Dann steig auf meinen Rücken und halte dich an meinen Flügeln fest." Ich schaute an mir herunter und bemerkte, wie sich meine Körpergröße veränderte. Während ich eben noch groß war, wurde ich auf einmal erneut kleiner. Ich dachte mir, wenn ich schon auf einer Schnecke reiten kann, warum soll ich dann nicht auch mit einem Nachtfalter fliegen können?! Also nahm ich die Einladung an und sprang auf den Rücken des Nachtfalters. Er flog eins, zwei, drei ... sechs Schraubendrehungen nach oben. „Fliegen wir jetzt zum Mond?“, fragte ich abenteuerlustig. Daraufhin legte er die Flügel an und stürzte sich nach unten, direkt auf das Loch zu. Ich krallte mich an seinen Flügeln fest und kniff die Augen zu.

„Du kannst die Augen wieder öffnen! Na, hab’ ich dir zu viel versprochen ?“

Was ich da sah, war atemberaubend! Mein Mund blieb mir vor lauter Begeisterung offen stehen. Wir segelten durch eine riesige Höhle, die von Wurzeln durchzogen war, welche sich nach unten wie Tore öffneten. Alles um mich herum war in zarte Pastellfarben getaucht. Die Wände bestanden aus Salzkristallen in denen sich die bunten Lichter brachen und diese in allen Facetten widerspiegelten.

Es war überwältigend schön. „Wo sind wir?“, fragte ich staunend. „Das gehört zum Reich der Maifee Schillerdei. Sie zeichnet ihre Welt in den allerschönsten Farben. Daraus baut sie die Brücken, die die Zweibeiner „Regenbogen“ nennen. Folgt man diesen Regenbogenbrücken, kann man überall hingelangen“, erklärte der Falter. „Auch ins Land der Birnentiere?“, erkundigte ich mich. „Jein . Du könntest immerhin bis zum Eingangstor gelangen, da du die Gabe des Träumens hast. Doch das Tor ist verschlossen. Du kannst die Tiere in deiner Traumwelt beobachten. Doch, wenn du sie in ihrem Land besuchen und mit ihnen reden willst, dann musst du in die Augen der Nacht schauen.“

Ich grübelte: Genau, darum war ich doch hier. Ich suche Greta. Fast hatte ich es vergessen. Der Mondscheinstrahl sollte mir den Weg zu Greta zeigen. Nun sitze ich hier in dieser wunderschönen Höhle mit einem sprechenden Nachtfalter, der gerade selbstverliebt seine graubraunen Flügel ins schillernde Licht hielt: „Schau nur! Ich sehe aus wie der allerschönste Schmetterling!“ Ich nutzte die Gelegenheit und fragte: „Sagen sie, Herr Nachtfalter, kennen sie eine Katze namens Greta Hoffmann?“ „Ja, natürlich! Wer kennt sie nicht, die Waschhauskatze?“ „Wissen Sie, wo sie ist?“, hakte ich weiter nach. „Wenn sie nicht auf Rattenjagd ist, dann bewacht sie das Tor zum Land der Birnentiere.“, erklärte der Falter. „Warum haben Sie mir das nicht gleich erzählt?“ „Du hast ja nicht gefragt. Sieh Dir doch nur meine Flügel an.“, forderte er mich auf. „Ja, Herr Nachtfalter. Sie haben die buntesten Flügel, die ich je bei einem Nachtfalter gesehen habe. Ich danke Ihnen, dass Sie mich in die Höhle geflogen haben. Über welche der Regenbogenbrücken muss ich

gehen, wenn ich zum Land der Birnentiere möchte?“ Vollkommen von sich berauscht, machte er einen eleganten Flügelschlag in Richtung einer der Regenbogenbrücken. „Ich danke Ihnen nochmals“, verabschiedete ich mich. „Sie sehen wirklich toll aus!“
Vorsichtig tastete ich mich, einen Fuß vor den anderen setzend, über die Brücke. Nach unten gucken durfte ich nicht. Der Boden der Höhle war nicht zu sehen. Stattdessen schwebten bunte Nebelschwaden unter mir, die sich wie riesige Lutscher im Kreis drehten. Wie tief die Höhle wirklich war, konnte ich nur erahnen. Die Brücke führte durch eines der Wurzeltore hindurch. Dahinter wurde es finster. Ich kniete mich hin und krabbelte im Dunkeln einfach auf allen Vieren weiter. Das Atmen fiel mir vor Angst immer schwerer. Mir lief der Schweiß übers Gesicht. Als sich ein Schweißtropfen von meiner Stirn löste und in die Tiefe fiel, zählte ich: eins, zwei, drei…elf, zwölf. Dann machte es ganz leise ‚Platsch‘. Und das Platschen wiederholte sich als Echo und das wieder und wieder und wieder. Mit jedem Echo wurde das Platschen lauter. Ich hielt mir die Ohren zu. Alles vibrierte. Plötzlich öffneten sich vor mir in der Dunkelheit zwei blitzende Augen. Mein Herz schien stehen zu bleiben. „Junge, was machst du hier?“ Diese Stimme kannte ich. „Greeeta!“, schallte es vor lauter Erleichterung aus mir heraus. „Ich habe dich gesucht.“
„Ich bin doch hier. Du musst mich doch nicht suchen“, beruhigte Greta mich. „Was machst du hier?!“, wollte ich wissen. „Ich bewache das Tor zum Land der Birnentiere. Du hast gerade unsere Alarmanlage kennengelernt.“

Und da war es wieder, dieses Katzengrinsen. „Ich dachte, die Birnentiere wohnen über der Erde in den Birnbäumen!?“, fragte ich. „Ja, das tun sie auch. Aber es gibt auf der Erde nicht mehr alle Birnbaumsorten. Die Zweibeiner züchten immer dieselben Sorten und dabei gerät die eine oder andere Sorte oft in Vergessenheit. Niemand erinnert sich mehr an die alten Birnbäume. Aber es geht um mehr als nur um die Bäume“, schnurrte Greta mit ernster Miene. „Schau mir tief in die Augen und ich zeige es dir.“

Kapitel 8
Der Garten der vergessenen Bäume

Ich konzentrierte mich nur auf Gretas leuchtende Augen in der Dunkelheit. Das fiel mir nicht schwer. Und schon begann sich in meinem Kopf alles zu drehen. Vor mir öffnete sich eine Pforte. Ein geschlungener, schmaler Weg lag nun vor mir. Er schien unendlich lang zu sein. Rechts und links standen riesige Birnbäume mit verknöcherten Stämmen. Diese Bäume müssen uralt sein, dachte ich. Sie waren sehr groß und voller Blüten. Ganze Wolken voller Blüten hingen hoch über meinem Kopf. Es summte und brummte in diesen Blütenwolken. Es waren aber keine Bienen oder Hummeln, die dort flogen. Die Bäume waren voller Birnentiere, die eifrig damit beschäftigt waren, den Nektar aus den Blüten zu sammeln. Dabei sangen sie so, dass es in meinen Ohren wie Summen und Brummen klang. Sie waren so sehr damit beschäftigt, dass sie mich gar nicht bemerkten. Ein zarter Duft der Blüten lag in der Luft und soweit das Auge reichte, war alles in ein zartes lila Licht getaucht. Greta lief neben mir den schmalen Weg entlang. „Das sind alles Birnbaumsorten, die es auf der Erde nicht mehr oder nur noch sehr selten gibt. Wenn wir die Bäume nicht erhalten, dann sterben ganze Familienstämme von Birnentieren aus, da sie kein Zuhause mehr haben. Die Zweibeiner mögen einige Birnensorten nicht. Einige sind zu klein, zu sauer, zu schrumpelig, zu schorfig oder sie finden noch tausend und einen Grund. Wie auch immer. Wir müssen die alten Bäume erhalten, damit die Birnentiere überleben!“

Wir liefen den Weg entlang und er schien kein Ende zu nehmen. Dann standen wir vor einer roten Ziegelmauer, die schon etwas bröckelig war. Efeu und blühende Äste umrankten die Mauer. „Ist die Welt hier zu Ende?", fragte ich Greta. „Nein, die Welt ist unendlich. Noch niemand hat das Ende der Welt gefunden. Was du hier siehst, ist der Anfang. Das ist der Brunnen des Lebens! Dieser Brunnen ist tief, sehr tief!" Greta verschwand im Geäst und rief: „Komm mit Junge!" Ich versuchte mir einen Weg durch das Geäst zu bahnen, was nicht einfach war. Als ich es geschafft hatte, stand ich ganz unten und schaute eine lange Treppe hinauf. Die Treppe reichte bis in die Blütenwolken. Oben angekommen, stand ich mitten in der riesigen Blütenwolke. Es duftete betörend! Ich wurde ganz schläfrig. Greta merkte es und befahl: „Halt dir die Nase zu und atme durch den Mund! Ansonsten wirst du einschlafen und nie wieder wach werden. Hast du schon einmal von Dornröschen gehört?"

Natürlich hatte ich schon von Dornröschen gehört. Da fiel mir ein, dass ich eine Wäscheklammer aus dem Waschhaus in meiner Hosentasche hatte. Ich klammerte mir damit die Nase zu und atmete durch den Mund. In diesem Augenblick fingen die Kirchturmglocken an zu läuten: Es war Mitternacht. Wie verabredet, segelten alle Birnentiere über meinen Kopf hinweg hinab in die Tiefe des Brunnens. Sie hielten ein Birnbaumblatt über ihren Köpfen. Es waren Tausende.

„Wo wollen die alle hin?“, fragte ich. Greta reichte mir ein Birnbaumblatt: „Lass uns mitsegeln. Halte das Blatt über deinen Kopf und stoße dich mit den Füßen ab.“ Kaum hatte ich das Blatt über meinem Kopf, erfasste mich ein leichter Wind und trug mich mitten in den Brunnen. An den Seitenwänden wuchsen die allerschönsten Pflanzen. Manche trugen Früchte, andere Blüten. Vögel taten es uns gleich und segelten mit uns immer weiter runter in die Tiefe des Brunnens. An den Wänden saßen unzählige Schmetterlinge, die sich an den salzigen Steinen labten. In Hohlräumen der Mauer sah man allerlei Getier: Eichhörnchen, Feldmäuse, Hamster und einige Tiere, die ich zuvor noch nie gesehen habe. Je tiefer wir flogen, desto mehr Leben erfüllte den Brunnen. Unter mir sah ich eine große Muschel aus der Wand ragen, die bis in die Mitte des Brunnen reichte. „Dort werden wir landen!“, deutete Greta an. Es war alles riesig groß. Ein Lebewesen nach dem anderen setzte zur Landung an. Ich plumpste eher unsanft auf den Muschelboden. Greta dagegen ließ einfach das Blatt los und landete gekonnt auf ihren vier Pfoten. Es wimmelte vor Birnentieren. Da klopfte mir jemand sanft auf die Schulter: „Sieh an! Unser mutiger Zweibeinerfreund.“ Es waren Leo, Birnd Löwenkopf und der Rest der Bande, die ich auf dem Kirchturmdach kennengelernt hatte. „Ist heute etwas Besonderes los?“, fragte ich Leo. Er lachte laut: „Du weißt aber auch gar nichts. Heute ist Vollmondtreffen!“

„Ja, der Mond hat eine starke Anziehungskraft, besonders der Vollmond“, erläuterte Leo. „In der Zeit des Vollmondes sind die Ebbe und die Flut in den Meeren besonders stark. Das macht der Mond! Und er lässt das Grundwasser steigen, das wir so dringend für unsere Bäume brauchen. Wir fliegen mit unseren Eimern den Brunnen hinunter um Wasser zu schöpfen. Das ist nicht ungefährlich, da der Brunnen sehr tief ist. Einige von uns sind nie wieder aus dem Brunnen aufgestiegen. Bei Vollmond müssen wir nicht ganz so tief fliegen, da der Mond uns das Wasser ein Stück näher bringt. Dann tragen wir es in den Garten der vergessenen Bäume. Hast du schon mal einen Wassereimer getragen? Dann weißt du, wie schwer das ist.“
„Oh ja, das stimmt! Meine Großeltern haben einen Garten, da hab ich schon oft die Blumen gegossen. Ich habe die Gießkanne dann immer nur halb voll gemacht, weil sie so schwer war“, gab ich zu.
„Deine Großeltern haben einen Garten? Steht dort auch ein Birnbaum?“, wollte Leo wissen.
„Mmmm... Nein, aber ein Pflaumbaum und ein Apfelbaum.“
„Das ist aber schade. Was macht ihr denn so den ganzen Tag in diesem Garten, wenn es dort keinen Birnbaum gibt? Nur Blumen gießen? Und aus welchem Brunnen holst du das Wasser? Musst du mit deiner Gießkanne auch so tief klettern?“
Darüber hatte ich mir bis dahin noch nie Gedanken gemacht. Ich wollte nicht schon wieder dumm dastehen, deswegen überlegte ich kurz:„Wo kommt das Wasser eigentlich her, wenn ich den Wasserhahn aufdrehe? Es ist ja nicht in der Wand, sonst hätten wir alle feuchte Wände.“

Schnell fiel mir ein: „Wir haben einen Gartenteich, darin kann man auch schwimmen. Da tauche ich meine Gießkanne ein, um sie zu füllen, und gieße dann mit dem Wasser die Blumen“. So brauchte ich nicht erklären, wie das Wasser in den Wasserhahn kommt.
„Was für ein Glück, ihr wohnt direkt an einem Teich!“
„Nein, das Haus, in dem wir wohnen war zuerst da. Später haben wir den Teich angelegt, mit Folie ausgeschlagen und Wasser eingelassen.“
„Wo habt ihr denn das ganze Wasser hergeholt?“, wollte Leo wissen.
Und schon hatte ich wieder ein Problem: „Wo kommt das Wasser, das in unserem Teich ist, her?“ Ich strengte meinen Kopf abermals an. Da fiel es mir ein: „Stimmt, du hast Recht! Auch wir haben einen Brunnen. Unser Brunnen sieht nur anders aus. Ich habe zugeschaut, als er damals gebaut wurde. Zuerst wurde ein Loch in die Erde gebohrt. In dieses Loch haben Männer ein Rohr gesteckt, immer ein Stück tiefer, bis sie auf eine Grundwasser-Ader gestoßen sind. Dann wurde eine elektrische Pumpe angeschlossen. Immer, wenn wir den Wasserhahn im Garten aufdrehen, springt diese Pumpe an, zieht das Wasser durch das Rohr nach oben und dann läuft es aus dem Wasserhahn.“
„Das hört sich ja ganz einfach an“, sagte Leo „Ihr müsst kein Wasser mehr mit der Hand schöpfen, habt ihr es gut! Wir haben aber keine elektrische Pumpe. So müssen wir weiterhin in den tiefen dunklen Brunnen fliegen, um das Wasser zu schöpfen.“
Das stimmte mich traurig. Ich wollte den Birnentierchen unbedingt helfen.

Greta lag die ganze Zeit eingerollt neben uns und tat so, als würde sie schlafen. Ihre Ohren jedoch verrieten sie. Sie hörte uns genau zu. Dabei hatte sie wieder dieses Katzengrinsen im Gesicht. Für mich wurde es Zeit, in meine Welt zurückzukehren, denn ich wusste: gleich piept der Wecker. „Ich muss jetzt erst mal zurück nach Hause“, teilte ich meinen Freunden mit. „Dort werde ich eine Lösung suchen, um euch zu helfen.“

„Das wollte ich hören, Junge. Nun weißt du, warum ich die Birnentierchen mit ins Waschhaus gebracht habe.“ Greta wollte also, dass ich den Birnentierchen helfe. Jetzt war mir alles klar! „Wenn du morgen eingeschlafen bist, dann werde ich an deinem Bett sitzen und dich abholen.“ Das war das Letzte, dass sie mir zuschnurrte, ehe meine Mutter, wie jeden Morgen rief: „Maaax beeil dich! Du bist spät dran!“

Kapitel 9

Die Lösung

Ich hüpfte munter aus dem Bett, denn ich hatte jetzt eine Aufgabe. Heute war Dienstag, das heißt „Omatag“. Das passte wunderbar. Sie würde mir bei der Lösung bestimmt helfen. Pünktlich um halb zwei holte sie mich von der Schule ab. Noch unterwegs im Auto fragte ich sie, wie die Menschen gelebt haben, als es noch keinen Strom gab. Es war für mich unvorstellbar!!!
Sie beschrieb es mir: „Wenn es dunkel wurde, ist man schlafen gegangen. Es gab keine elektrischen Lampen und Kerzen waren kostbar – genauso, wie heute Lampen. Es gab keinen Fernseher und kein Radio. Abends erzählte man sich Geschichten am Lagerfeuer oder unter der Zudecke. Es gab kein Handy, keine elektrischen Rasenmäher, Türöffner, Zahnbürsten oder Waschmaschinen... . Eigentlich hat nichts ohne menschliches Zutun funktioniert!“
Als Oma sah, wie ungläubig ich sie anschaute und mit den Augen rollte, musste sie lachen:„Doch, es ging auch ohne Strom. Aber vieles war beschwerlicher und dauerte viel länger, zum Beispiel das Wäschewaschen.“ Und dann erzählte Oma mir, wie man früher Wäsche gewaschen hat. Ich konnte es mir bildlich vorstellen, weil ich schon einmal beim ‚Anwaschen im Alten Waschhaus Ribbeck‘ dabei war, welches immer am Pfingstmontag stattfindet. Da kann man seine schmutzige Wäsche mit ins Waschhaus bringen und wie vor 100 Jahren waschen. Ganz schön beschwerlich – bestimmt genauso beschwerlich, wie das Wasser aus dem

Brunnen des Lebens zu holen. Ach ja, das wollte ich ja fragen: „Oma, woher hat man das Wasser zum Waschen denn geholt?“ „Na, von der Pumpe oder aus dem Brunnen.“ Ich fragte weiter nach: „Musste man denn in den Brunnen rein klettern, bevor es elektrische Pumpen gab?“ Oma lächelte: „Nein, alle Brunnen hatten einen Flaschenzug.“ „Was ist ein Flaschenzug?“, wollte ich wissen.
Zu Hause angekommen suchten wir ein Buch über geniale Erfindungen heraus. Und da war er: der Flaschenzug.
Also, ihr müsst euch das so vorstellen: „Deine Oma wohnt im fünften Stock. Oben am Fenster bringt man ein bewegliches Rad an, legt ein Seil darüber, das bis nach unten zur Straße reicht. Dann kannst du deinen schweren Einkaufskorb unten anbinden und deine Oma kann den Korb leicht nach oben ziehen. Durch das Rad wird die Last halbiert. Je mehr Räder du einbaust und mit dem Seil verbindest, umso leichter wird die Last, da sie sich auf die Räder verteilt. Natürlich: Das war die Lösung! Ich machte mir gleich eine Skizze von dem Flaschenzug und legte sie mir abends zu zu Hause unters Kopfkissen.
Ich weiß, das hört sich sehr kompliziert an, am besten ist es, du schaust dir mal die Zeichnung an. Es ist gar nicht so schwer und besser, als den Einkaufskorb die Treppen hoch zu tragen.
Abendbrot essen, waschen, Zähne putzen und ab ins Bett. Kaum hatte ich die Augen zu,

da saß Greta auch schon auf meinem Bett: „Hallo, junger Mann, wie war dein Tag?“ Aufgeregt berichtete ich Greta von dieser genialen Erfindung. Ich holte schnell die Zeichnung unter dem Kopfkissen hervor und zeigte sie Greta: „Mit dieser Maschine ist es ganz einfach, das Wasser aus dem Brunnen zu holen.“
Greta lächelte mich hoffnungsfroh an: „Ich habe doch gewusst, dass du uns helfen kannst.“ Gretas Augen hypnotisierten mich reineweg: „Komm, lass uns direkt ins Land der Birnentiere reisen.“

Kapitel 10

Brunnen des Lebens

„Hast du schon mal das Sprichwort ‚Träume sind Schäume' gehört?" Kaum hatte Greta das ausgesprochen, da füllte sich das Zimmer mit Schaum. „Schaum besteht aus Seifenblasen. Nimm dir einen Strohhalm und puste eine von den Seifenblasen auf, so groß, dass wir hineinpassen."
Schnell ergriff ich den Strohhalm, der auf dem Tisch lag. Ich suchte mir eine kleine Seifenblase aus und pustete solange, bis sie eine riesige Traumblase wurde, in die Greta und ich hineinpassten. Dann flogen wir los: von Pessin nach Ribbeck. Der Vollmond hing wie ein großer Lampion am Sternenhimmel. Wir kullerten in der Seifenblase den Mondstrahl hinunter in die Regenbogenhöhle. Die Welt außerhalb schillerte in den schönsten Farben durch die Wand der Seifenblase. Vor uns öffnete sich das Tor, das in den Garten der vergessenen Bäume führte. Die Seifenblase trug uns wie ein Heißluftballon über die Blütenwolken. Welch ein Anblick! Schließlich schwebten wir den Brunnen des Lebens hinunter. Bis wir auf der großen Muschel landeten, die tief im Brunnen aus der Seitenwand ragte.
Bürgermeister Bouvier, der liebevoll „Opa Birnstein" genannt wurde, hatte schon alle Birnentiere zusammengerufen. Es schien so, als hätten sie nur auf uns gewartet.
Die Seifenblase landete sanft und zerplatzte. Dabei zersprang sie in tausende winzige Wassertropfen. Die Birnentierchen jauchzten vor Freude über die nasse Dusche.

Dann wurde es ganz still. Alle Augen waren auf mich gerichtet.
Opa Birnstein begrüßte mich: „Junge, du bist zurück gekommen! Sag, hast du eine Idee, wie wir das Wasser aus der Tiefe holen können, ohne unsere Leben zu riskieren?“
Es kam mir vor, als nagelten mich die Birnentierchen mit ihren Augen fest. Aufgeregt holte ich meine Zeichnung aus der Tasche und erklärte mit Händen und Füßen, wie so ein Flaschenzug funktioniert. „Es ist keine Erfindung von mir. Diese Maschine haben die Menschen schon vor Jahrhunderten erfunden und ausprobiert. Und ich sage euch, der Erfolg ist garantiert!“ Die Ohren glühten mir vor Aufregung und nun stand ich da. Ich war fertig mit meiner Ausführung.
Die Birnentiere schauten mich immer noch an, ohne eine Miene zu verziehen. Alle waren so ruhig, dass man eine Stecknadel hätte fallen hören können. Wie auf ein geheimes Kommando sprangen alle in die Luft und klatschten mit Begeisterung in ihre Stiefelchen: „Das ist birntastisch!!!“
Opa Birnstein beruhigte die Menge. Als alle wieder auf ihren Plätzen saßen und zuhörten, trat Opa Birnstein zu mir heran: „Max, das ist wahrhaft birntastisch! Gut, dass du eine Zeichnung gemacht hast, so können wir genau sehen, welche Bausteine wir dafür benötigen.“ Nun wandte er sich den Birnentieren zu und sprach: „Wir werden Hilfe von den Tieren im Brunnen brauchen. Ruft sie alle zu uns!“
Jedes der kleinen Birnentierchen holte eine winzig kleine Glühbirne aus einem ihrer bunten Stiefelchen hervor, legte sie auf den rechten vorderen Stiefel und pustete sie an. Dann gaben sie den Glühbirnchen einen leichten Schwung nach oben und alle schwebten gleichzeitig in die Luft.

HUND MIT ENTENFÜßE

Es war, als schwebten Unzählige von Glühwürmchen den Brunnen hinauf. Oben angekommen, zersprangen die Glühbirnchen und verwandelten sich in einen Goldregen.
„Das ist das Zeichen: Jetzt wissen alle Bewohner im Brunnen des Lebens, dass wir ihre Hilfe benötigen", flüsterte Lienchen mir leise zu. Es war mucksmäuschenstill, alle bestaunten den Goldregen. Und so wie der Regen in die Tiefe des Brunnen fiel, so versammelten sich alle Tiere, die in dem Brunnen lebten und gesellten sich zu den Birnentieren auf der Muschel. Ein Schwarm geflügelter Tiere segelte über unsere Köpfe. Tiere, die mir bekannt vorkamen, aber auch Saurierähnliche, wie ich sie nur aus Büchern kannte. Nagetiere und Insekten nahmen in unseren Reihen Platz. Um uns herum standen Tiere mit riesigen Hörnern, mit langen und kurzen Beinen, mit großen und kleinen Augen. Manche hatten lange Fühler, manche Federn und einige Fell an einem Körper. Es war unglaublich: Frösche mit Federn, Vögel mit Schuppen, Hunde mit Entenfüßen. Ich traute meinen Augen nicht. Aber eines hatten sie alle gemeinsam, sie waren viel bunter als die Tiere, die ich aus meiner Welt kannte. Mir schien es so, als hätte man alle Tiere in einen Würfelbecher gesteckt und neu gemischt. Spinnenartige Wesen seilten sich den Brunnen hinab, es wurde langsam eng. Alle rutschten dichter zusammen, so dass jeder Neuankömmling einen Landeplatz fand. „Hier bei euch ist alles viel bunter!", staunte ich. Lienchen erklärte das Phänomen: „Das ist so, weil unser Land im Reich der Maifee Schillerdei liegt. Sie zeichnet ihre Welt in den schönsten Farben. Und da sie sich nicht für ein, zwei oder drei entscheiden kann, mischt sie die Farben und Formen, wie es ihr gefällt."

Gerne hätte ich mehr darüber erfahren, doch Lienchen meinte, dies sei eine zu lange Geschichte, um sie jetzt zu erzählen. Da sich nun alle Tiere versammelt hatten, meldete sich Opa Birnstein wieder zu Wort. Er zeigte den Tieren meine Zeichnung und erklärte, was benötigt wird: „Also, wir brauchen einen langen Baumstamm, und zwei tragende Säulen, die über den Rand des Brunnens hinaus reichen! Am besten setzen wir mehrere Baumstämme zusammen." Sofort meldeten sich die Holzwürmer zur Stelle: „Wir können die Löcher in die Mitte der Baumstämme fressen, dann kann man sie dort mit Holzstiften verbinden." Schon bei dem Gedanken sabberten und schmatzten die Würmer mit großem Appetit. „Gut, dann benötigen wir verschiedene Holznägel, Klebstoff, drei Räder und ein langes Seil", fuhr Opa Birnstein fort. „Holznägel sind kein Problem", erklärten die Tiere mit den unterschiedlichsten Zähnen. „Unsere Zähne sind wunderbar zum Nagen und Knabbern". „Und wer wäre besser geeignet, als die Spinnentiere, um die Fäden zu spinnen? Diese Fäden können dann zu einem langen Seil verstrickt werden", schlug Opa Birnstein vor. Dann grübelte er: „Aber wo bekommen wir den Klebstoff her? Und noch schwieriger, die drei Räder, über die das Seil geführt wird?" Mit einem Mal bebte der Boden unter unseren Füßen. Ich dachte, es wäre ein Erdbeben und hatte Angst, dass die riesige Muschel, auf der wir uns alle versammelt hatten, abbrechen könnte. Ich war der Einzige, der Angst hatte. Es ging ein „Oooh!" und „Aaah!" und ein „Natürlich, warum haben wir nicht gleich daran gedacht!?" durch die Menge. Opa Birnstein setzte wieder an: „Klar doch, Muscheln produzieren einen starken Klebstoff. Das war mir glatt entfallen!"

Ich schaute verwundert und fragend Lienchen an. Da sagte sie zu mir: „Hast du am Strand schon mal einen Felsen gesehen, an dem lauter Muscheln hängen?“ „Ja, habe ich und ich habe versucht sie abzumachen. Das ging aber nicht“ „Siehst’e? SUPERKLEBER!!! Die Muscheln halten sich so auch bei kräftiger Strömung am Meeresboden fest oder eben hier an der Brunnenwand.“ Plötzlich plätscherte es leicht, und dann hörten wir in der Tiefe des Brunnens ein hohles knarrendes Geräusch. Dort öffneten sich die Schleusen der Meere und von der anderen Seite der Erde tauchten Sägefische und ein Schwarm Hammerhaie auf. Sie kamen um zu helfen. Sie gesellten sich zu den einheimischen Tieren, wie Hasen, die mit den Hinterfüßen klopfen konnten und Spechte, die hämmerten. Damit waren die Handwerker komplett. Opa Birnstein bedankte sich im Namen aller Birnentiere bei den Helfern. Niemand wollte länger Zeit verlieren, außer Greta, die gemütlich und entspannt die ganze Zeit schlief.

Opa Birnstein machte sich sogleich daran einen Arbeitsplan zu erstellen. Meine Aufgabe war es aufzupassen, dass auch alles genauso wird wie geplant. Von jetzt an wich Greta mir nicht mehr von der Seite. Gemeinsam überwachten wir den Arbeitsablauf. Alles ging ruck zuck, denn die vielen Helfer hatten viele Zähne und Beine, um die Arbeit zu verrichten. Die Spinnentiere strickten um die Wette. Die Holzwürmer schlugen sich die Bäuche voll und die Nager schärften ihre Zähne beim Stifte knabbern. Die Sägefische sägten schmale runde Baumscheiben zu. Jeweils zwei Scheiben wurden von den Muscheln verklebt. Am äußeren Rand der Scheibe entstand eine Kerbe, über die das Seil laufen sollte. Die Hammerhaie und Spechte nagelten alles zusammen, was zusammengehörte. Schließlich war es soweit: Alle Teile mussten zusammengebracht werden. Der riesige Querbalken war aus fünf alten Birnbaumstämmen zusammengesetzt. Tiere mit großen Hörnern schoben ihn über den Rand des Brunnens hinaus, auf zwei extra gefertigte Gabelungen. Geflügelte Wesen stützten und bewegten ihn hinüber bis zum gegenüberliegenden Rand. An diesem Querbalken konnten nun die Räder und das Seil befestigt werden. Fertig! Da war er nun, unser Flaschenzug. Ein Meisterwerk, das nur gebaut werden konnte, weil alle Tiere im Brunnen gemeinsam daran gearbeitet haben. Mein Herz hüpfte vor Freude, ich war sooo stolz! Und alle freuten sich mit mit mir. In diesem Moment wurde mir bewusst, je länger ich mich im Land der Birnentiere aufhielt, um so vertrauter wurden mir diese Tierchen. Waren es doch am Anfang nur winzige Birnen mit Flügeln für meine Augen. Jetzt hatte jedes eine eigene Persöhnlichkeit. Ich erkannte ihre Gesichter und Stimmen.

Kapitel 11

Das Fest

Wir alle standen nun auf dem Brunnenrand und bestaunten, was wir gemeinsam geschafft hatten. Voller Freude rief Opa Birnstein aus: „Lasst uns ein großes Fest feiern, bei dem wir den Flaschenzug in Betrieb nehmen!“
„Ja, wir wollen sehen, ob er funktioniert!“, antworteten die Tiere im Chor. Madame Ballett klatschte sogleich in ihre Stiefelchen und alle Ribbeckas stellten sich zum Tanz auf. Außer Ribbecka Verdi, die ihr Birnfünf auspackte. Das ist so etwas Ähnliches wie ein Klavier. Als die Musik erklang, ging der Spaß richtig los! Ich hatte euch ja schon mal erzählt, dass Birnentiere sehr gesellig sind. Birnd Rotbärtler, den ich schon auf dem Kirchturmdach kennengelernt hatte, forderte Lienchen zum Tanzen auf. Ribbecka, die Gräfin von Paris, schnappte sich Lehrer Birnd Schulbirne. Doktor Birnd Engelbrecht tanzte mit Ribbecka von Liebart. Als Leo das sah, raunte er mir verschmitzt zu: „Das ist seine Lieblingspatientin. Und Onkel Peter-Birnd da drüben hat schon seit längerer Zeit ein Auge auf Ribbecka, die süße Zuckerbirne, geworfen.“
Alle Tiere im Brunnen schlossen sich dem Gesang der Birnentierchen an. Es war ein Zwitschern, Röhren, Piepsen, Muhen, das zusammen ein Konzert der besonderen Art ergab. Opa Birnstein nahm nun das Seil, das die Spinnentiere so fleißig gestrickt hatten, in die Hand und sprach: „Liebe Freunde, lasst uns den Flaschenzug einweihen. Bis jetzt mussten wir für jeden Eimer Wasser in die Tiefe des

Brunnens fliegen. Wie ihr wisst, war das eine schwere und gefährliche Arbeit. Einige von uns haben ihren mutigen Einsatz mit einem hohen Preis bezahlt. Ab heute soll unser Leben nun einfacher werden. Zu verdanken haben wir das dem Zweibeiner-Jungen Max, der uns das Wissen seiner Welt ins Land der Birnentiere gebracht hat. Diese geniale Erfindung wird jedem von uns viermal so viel Kraft verleihen als bisher."

Schließlich rief er: „Birnd Löwenkopf, Birnd Rotbärtler, Ribbecker-Lienchen vom Baum der schönen Helene und Birnd Sieben-ins-Maul. Bitte kommt jeder mit einem Eimer zu mir."

Die vier flogen mit den Eimern über den Brunnen zu Opa Birnstein. Alle waren gespannt, was nun passieren würde.

Opa Birnstein erinnerte nochmal: „Wir mussten für jeden Eimer Wasser einzeln den weiten Weg nach unten fliegen. Ich möchte, dass ihr nun eure vier Eimer untereinander an den Haken hängt."

Das taten die vier berufenen Birnentierchen auch gleich. Daraufhin ließ Opa Birnstein das Seil, an dem die Eimer hingen, hinunter in den Brunnen, bis die Eimer ins Wasser

plumpsten und sich füllten. Opa Birnstein fuhr fort: „Nur die Jungen und Starken unter euch haben bisher das Wasser aus dem Brunnen geholt. Jetzt werde ich euch zeigen, dass sogar ich, der Älteste von euch allen, es ganz allein schaffe, vier Eimer auf einmal aus dem Brunnen zu holen.“

Die Spannung stieg. Opa Birnstein zog an dem Seil und nach kurzer Zeit sah man vier Eimer mit Wasser gefüllt aus dem tiefen Brunnen auftauchen. Dank des Flaschenzugs hatte er es ohne besondere Anstrengung geschafft, die Kraft von vier jungen Birnentieren aufzubringen.

Er hielt das Seil mit Leichtigkeit und verkündete stolz: „Ihr seht, es funktioniert! Wenn die Eimer oben angekommen sind, dann können wir die Last verteilen und das Wasser direkt zu den Bäumen bringen. So haben wir vier Eimer Wasser auf einmal."

Er forderte Leo, Lienchen, den Rotbärtler und Sieben-ins-Maul auf, jeweils einen Eimer vom Flaschenzug zu nehmen. Damit war die Vorführung perfekt und der Flaschenzug hatte die Prüfung bestanden!

Ihr könnt euch das wilde Toben und den Jubel gar nicht vorstellen. Greta schmuste mir um die Beine und schnurrte: „Junge, das hast du wirklich gut gemacht!"

Einer nach dem anderen probierte nun den Flaschenzug aus. Die Begeisterung stieg mit jedem Eimer Wasser, der ohne Gefahr und mit wenig Kraftaufwand aus dem Brunnen geholt wurde. Nach einer Weile rief Opa Birnstein alle wieder zusammen. Er hatte eine Birnenurkunde vorbereitet und fuhr mit seiner Festansprache fort:

„Liebe Birnentiere und Freunde unseres Volkes. Hiermit möchte ich den Zweibeiner Max zum Ehrenbürger unseres Landes ernennen. Wir danken dir für deine Hilfe zum Erhalt des 'Gartens der vergessen Bäume'. Wir hoffen, dass du dir die Gabe des Träumens noch lange erhältst und uns regelmäßig besuchen kommst!" Neben ihm stand Birnd Ordensbirne, dem er einen seiner Orden von der Brust nahm. Er hängte mir den Orden als Symbol meiner guten Tat um. Alle jubelten mir zu.

Peinlich berührt von so viel Dankbarkeit sagte ich: „Ich fühle mich sehr geehrt. Das ist wirklich sehr nett von euch. Aber diesen Orden, den habe nicht ich verdient, sondern

Greta. Ohne Greta hätte ich euch nie kennengelernt!"
Deshalb nahm ich nun den Orden und hängte ihn Greta um den Hals. Von nun an waren wir Verbündete, die sich für die kleinen Birnentiere und ihre Welt gemeinsam stark machten.

So feierten wir bei Musik und Tanz noch bis in den Morgen. Zur Feier der Nacht wurden die Sterne in den Brunnen herabgelassen, um ihn zu erhellen. Es gab Birnenblüten-Nektar, das war der absolute Birner! Ich lernte noch viele Birnds und Ribbeckas in dieser Nacht kennen. Durch Greta hatte ich nun neue Freunde.

Ich verschlief am nächsten Tag das Frühstück. Zum Glück hatte Mama mir eine Schnitte mehr eingepackt. Die aß ich dann im Schulbus. Dabei kam mir all das Erlebte in den Sinn. Erst wollte ich die ganze Geschichte für mich behalten, doch dann dachte ich: „Die Zweibeiner...äh... ich meine: die Menschen müssen davon erfahren. Nur dann werden auch sie dabei helfen, die Welt der Birnentiere zu schützen."

Jetzt fragst du dich, wie du das machen kannst? Wenn du einen Garten hast, dann pflanze einen Birnbaum. Am besten eine alte Sorte. Wenn du eine Wiese hast, dann pflanze am besten gleich eine ganze Streuwiese mit vergessenen Birnbäumen. Und wenn du eine Straße oder einen Weg hast, dann mach eine Birnbaumallee daraus!

Und eins noch: Höre nie auf zu träumen!

RIBBECK IM HAVELLAND

Finde die

Auflösung

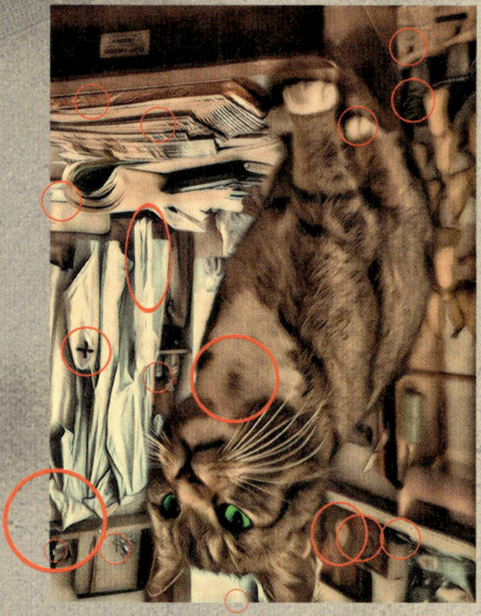

17 Fehler